LA COCINA EXQUISITA
Pequeña Biblioteca

ESPECIAS
de raíces y frutos

JILL NORMAN

EL PAIS
AGUILAR **estilo**

TITULO ORIGINAL: SPICES: ROOTS AND FRUITS
TRADUCCION: VERONICA Y BEATRIZ MORLA

EDICION: GWEN EDMONS
DISEÑO: JOANNA MARTIN
FOTOGRAFIA: DAVE KING
DIRECCION DE ARTE: STUART JACKMAN

I.S.B.N.: 84-03-59003-2

M A T E R I A S

4
INTRODUCCION

6
PIMIENTA INGLESA

7
CLAVO

8
CHILES

10
VARIEDADES
DE CHILES

12
JENGIBRE Y GALANGA

14
ENEBRO

15
MACIS Y NUEZ MOSCADA

16
PIMIENTA

18
AZAFRAN

19
CURCUMA

20
ANIS ESTRELLADO

21
PIMIENTA SICHUAN
Y ASAFOETIDA

22
ESPECIAS COMPUESTAS

24
RECETAS

40
INDICE

INTRODUCCION

*L*AS ESPECIAS SON LAS RAICES AROMATICAS SECAS, *cortezas, bayas y otros frutos o semillas, generalmente de plantas tropicales. La mayoría de nuestras especias son originarias de Oriente, pero la malagueta y los chiles vienen de América tropical y se llevaron a Oriente sólo en épocas posteriores a Colón.*

Especiero

Las especias han tenido siempre un gran valor comercial y por ello su historia ha sido complicada y a veces sangrienta. Las rutas de las caravanas desde el Lejano Oriente a Europa se remontan a una época de hace 5.000 años por lo menos. Los egipcios utilizaban las hierbas aromáticas para embalsamar, perfumar y fumigar sus hogares. Los fenicios cambiaban especias por sal y estaño a lo largo de la costa atlántica de Europa. Los primeros y verdaderos dueños del comercio de las especias fueron los árabes; Plinio se quejaba de que las especias se vendían en Roma a un precio cien veces mayor que su coste original por culpa del monopolio árabe. Sin embargo, el Imperio Romano contribuyó grandemente a la difusión de su uso y después de la caída de Roma el comercio se restringió fuertemente hasta que el Imperio Musulmán se extendió por el Oriente Medio, logrando que las rutas comerciales fueran de nuevo seguras y estableciendo nuevos mercados. Los genoveses y venecianos, principales marinos del Mediterráneo, se disputaron el comercio dentro de Europa, pero los venecianos pronto controlaron el comercio por completo.

Las nuevas potencias marítimas, Portugal y España, estaban decididas a romper el monopolio veneciano, estableciendo rutas comerciales independientes de las vías terrestres tradicionales hacia el Oriente Medio. En 1498, Vasco de Gama encontró la ruta marítima hacia la India por el cabo de Buena Esperanza. Los portugueses conquistaron las Islas de las Especias y se adueñaron de un comercio lucrativo de especias. Cuando los holandeses lograron expulsar a los portugueses, las rutas comerciales terrestres holandesas en el continente europeo se convirtieron en un reto para la red comercial veneciana. A finales del siglo XVI (al haber alcanzado el precio de la pimienta más del doble de su valor en pocos años), los ingleses entraron en la contienda, pero su Compañía de Indias Orientales avanzó poco. Los holandeses controlaron

Capsicums
Medical Botany 1834-6

el comercio del clavo, del macis y de la nuez moscada. Los portugueses seguían controlando el comercio de la canela. Sólo lentamente, a medida que el poder holandés en el Lejano Oriente disminuía, la fortuna de la Compañía de Indias Orientales aumentó. Seis años antes de que Vasco de Gama llegase al Lejano Oriente, Colón arribó a tierras americanas, pero nunca encontró la pimienta en cuya búsqueda había partido, aunque México proporcionó a Europa una serie de complementos útiles para su alimentación: los chiles, el chocolate, el tomate y gran cantidad de plantas menores. Las potencias coloniales empezaron a introducir las especias en los trópicos occidentales recién descubiertos: el jengibre en México y las Indias Occidentales, el clavo y la nuez moscada la isla Mauricio y Zanzíbar. A finales del siglo XVIII las nuevas plantaciones eran hasta tal punto florecientes que ya jamás ningún país europeo monopolizó nada y los precios empezaron a bajar. Hoy día nuestras especias vienen de todos los lugares de los trópicos.

PIMIENTA INGLESA

*L*A PIMENTA DIOICA *es un pequeño arbusto de la familia de las mirtáceas. Oriundo de las Indias Occidentales, Centroamérica y Sudamérica, crece hoy día en muchos países tropicales.*

Sus granos son de un hermoso color verde y cuando se secan al sol durante una semana aproximadamente adquieren un tono marrón rojizo. El nombre inglés *allspice* (todas las especias) refleja su sabor peculiar, como una mezcla picante de clavo, canela y macis. En muchos otros idiomas se la conoce todavía por su nombre original, pimienta de Jamaica, y desde luego Jamaica es su principal productor. La pimienta inglesa se conserva mejor entera, ya que es muy fácil aplastarla en un mortero o molinillo de pimienta. Entera, es una de las especias más comunes para escabechar y sazonar, pero molida se puede utilizar en los pasteles. Existe como ingrediente normal en muchas salsas comerciales y *ketchups*.

Pimenta dioica

CLAVO

*L*A EUGENIA CARYOPHYLLUS *tuvo su origen en las Molucas, las legendarias Islas de las Especias de Indonesia y fue la piedra angular del monopolio de las especias para los portugueses y holandeses. Se cultiva hoy día en las islas africanas, especialmente en Zanzíbar y en las Indias Occidentales.*

Los claveros son árboles de hoja perenne de la familia de las mirtáceas. Dan frutos en un plazo de diez años después de su plantación y pueden vivir fácilmente unos sesenta años. Los brotes rosados se cogen justo antes de abrirse; secados al sol durante cuatro o cinco días adquieren un tono marrón rojizo. Su parte central se muele fácilmente en polvo. El clavo molido conserva su sabor picante mejor que la mayoría de las especias molidas. El clavo es un ingrediente importante del polvo de curry, del garam masala y de las mezclas dulces utilizadas en los pasteles.

Eugenia caryophyllus

C H I L E S

LOS CHILES (CAPSICUM FRUTESCENS) y C. annuum se han cultivado en América durante 5.000 años por lo menos. Los aztecas utilizaban el chile en vinagre y en polvo —a ellos les debemos su nombre—. Después de Colón este fruto se extendió por toda Europa y por todas partes en los imperios coloniales españoles y portugueses: África Occidental, la India, el sudeste de Asia, Indonesia y Filipinas. Los italianos los vendieron a los turcos; los turcos los difundieron a través de los Balcanes y los persas los llevaron al norte de la India y a Cachemira.

Los chiles supusieron la aportación de una especia fuerte y una verdura barata a la alimentación. Pertenecen al numeroso grupo de las solanáceas del Nuevo Mundo que incluye la patata y el tomate.

Les gusta el calor y podrían darse bien a alturas de 2.000 m.

cerecilla

guajillo

guindilla

serrano

La gran variedad de chiles se debe en parte a híbridos estables obtenidos por polinización cruzada y en parte al cultivo.

Cuanto más pequeño sea el chile y más delgada su carne y cuanto más alargada sea su forma y más afilada su punta, más picará. El color no indica nada, pues, a pesar de que los chiles verdes no están maduros y los rojos, amarillos o morados lo están, esto influye en el sabor (que se vuelve más fuerte, como en todas las frutas) pero no en el picor.

ancho

chiles molidos

cayena

chile desmenuzado

paprika

lombok

VARIEDADES DE CHILES

ANCHO: triangular, 8 por 10 cm, marrón rojizo cuando está seco; suave y sabroso. Cuando está verde se llama poblano, se parece mucho al pimiento morrón y se prepara relleno. El clásico pimiento de México.

PIMIENTO DULCE: ancho y casi cuadrado, 8-10 cm, verde, rojo o amarillo; dulce y suave. El clásico «pimiento dulce» de Europa, el componente básico del polvo de paprika húngaro y del pimentón español.

GUINDILLA: el más pequeño de todos los pimientos, unos 2,5 cm de largo, delgado, puntiagudo y muy picante.

CAYENA: muy estrecha, alcanza 7-8 cm de largo, curva, puntiaguda, color rojo vivo, picante. Se encuentra normalmente seca o molida, como la pimienta de cayena picante del mercado. Su cultivo esta muy extendido.

cayena

CERECILLA: redonda, 1-3 cm de diámetro, amarilla o roja; suele picar cuando es pequeña, y cuando su tamaño es mayor es mas suave. Normalmente se vende en vinagre.

HABANERO: su forma se parece a la de una pequeña linterna, normalmente tiene un color verde pálido y pica a rabiar. Llamado Scotch Bonnet *(gorra escocesa)* en las Indias Occidentales.

HONKA: 5 cm de largo, rojo oscuro o anaranjado, muy picante. Es una variedad japonesa parecida a la cayena. El lombok es su variedad malaya e indonesia.

JALAPEÑO: 2,3 cm de ancho y corto, llega a medir de 7-8 cm, verde oscuro y de punta redonda; picante. Cuando esta seco y ahumado se le llama por su antiguo nombre azteca chipotle, se suele vender en lata y se utiliza como condimento perfumado, aunque no especialmente picante, para sopas y estofados. Se cultiva y utiliza en América central y del sur.

MULATO: 8 cm de ancho, 12 a 15 cm de largo, varia del color rojo amarronado al negro cuando está seco, arrugado; picante pero no demasiado. Mejicano.

tabasco

PASILLA: 2,5 cm de ancho, 15 a 18 cm de largo, oscuro, rojo, muy picante y sabroso. Mejicano.

SERRANO: delgado y corto, llega a medir 5 cm, puntiagudo, verde oscuro cuando esta fresco, rojo anaranjado cuando esta seco; muy picante.

TABASCO: fino y corto, de 2 a 4 cm; puntiagudo, rojo vivo, sabor picante intenso. Componente basico de la salsa de tabasco. Se cultiva alrededor del golfo de Mexico.

TOGARASHI: pequeños pimientos rojos procedentes de Japon; sabor picante-intenso. Se vende fresco y entero, seco y desmenuzado o molido, llamándose este ultimo ichimi.

habanero

poblano

serrano

jalapeño

11

JENGIBRE Y GALANGA

*E*L ZINGIBER OFFICINALE *se ha cultivado en el Asia tropical durante más de tres mil años y fue una de las primeras especias que llegó a Europa, donde su uso se generalizó durante la Edad Media. Los españoles introdujeron su cultivo en las Indias Occidentales a principios del siglo XVI y hoy día crece por casi todas partes en los trópicos.*

Es una planta de hoja perenne y herbácea que no supera el metro de altura; se reproduce por división. Los rizomas de forma irregular producen la especia. El jengibre fresco se cosecha en cualquier momento del mes después de haber sido plantado. Hawai y Fidji son los exportadores más importantes de jengibre fresco. El jengibre en conserva de origen chino se prepara hirviendo los retoños muy tiernos con azúcar. Los rizomas maduros se secan o bien con la piel, y por lo tanto bastante

oscuros, o bien blanqueados después de haber sido escaldados. El jengibre seco, más picante que el fresco, se utiliza en polvo o simplemente machacado. En su mayor parte procede de la India y Jamaica, pero China parece dispuesta a tomarles la delantera a ambas. El jengibre es algo fuerte, con un inconfundible sabor picante, pero no muy fuerte. El jengibre fresco puede cortarse en rodajas y conservarse en jerez seco.

Zingiber officinale

Jengibre en polvo

Beni-shoga

Jengibre seco

La galanga *(Alpinia galanga)*, conocida con el nombre de *laos* en Indonesia y Malasia y con el de *khaa* en Tailandia, tiene un estrecho parentesco con el jengibre, es similar en su aspecto y propiedades, aunque no tan picante, y con un ligero gusto amargo que le confiere un menor atractivo a la hora de utilizarla en repostería. En muchos lugares del sudeste asiático se la prefiere al jengibre. Fue muy utilizada en Europa durante la Edad Media pero, a diferencia del jengibre, no conservó su popularidad en Occidente.

Es todavía muy difícil encontrar la galanga fresca. La galanga seca se puede comprar entera o en polvo. El polvo se utiliza en distintas clases de curry y su uso es esporádico en Oriente Medio y Africa del Norte. En Tailandia, los frutos se comen rebozados del mismo modo que nosotros lo hacemos con los del calabacín.

Los panes y galletas de jengibre, la gaseosa y las bebidas cordiales se conocen en el mundo entero. El jengibre es también imprescindible para las mezclas de curry y para los platos de pescado en China y Japón.

Alpinia galanga

El Beni-shoga, jengibre rojo japonés en vinagre, se suele utilizar con el sushi.

13

E N E B R O

*E*L JUNIPERUS COMMUNIS *crece en estado salvaje en todo el hemisferio norte, en Asia, Europa y América y especialmente en las regiones salvajes o montañosas que alcanzan alturas considerables.*

Es un arbusto de hoja perenne, de la familia de los cipreses, que alcanza normalmente una altura no superior a los 120-180 cm. La planta hembra lleva bayas que tardan dos años en madurar, dando un fruto de un color entre azul y morado que utilizamos como especia. Cogerlos es arriesgado porque sus hojas con pinchos, verdes con una raya blanca, son extremadamente punzantes. El enebro varía según el lugar y el clima: cuanto más hacia el sur, más alta es la planta y más fuerte el aroma dulce-amargo de su fruto. Crece fácilmente en la mayoría de los jardines. El enebro es muy conocido como aromatizante de muchas ginebras y bebidas cordiales, así como una especia para el escabechado y curado.

Las bayas se suelen moler generalmente o picar más finamente para utilizarlas en mezclas de patés y similares.

* Combina bien con el sabor de hierbas más penetrantes, como el ajo.

Juniperus communis

14

NUEZ MOSCADA Y MACIS

*L*A MYRISTICA FRAGRANS *es originaria de las Molucas y de las Filipinas. Se* conoció en Europa durante la Edad Media, pero solo se generalizó su uso después de que los portugueses desarrollaran el comercio con las Islas de las Especias. En el siglo XVIII se introdujo en otros lugares de los trópicos, principalmente en las Indias Occidentales.

Almendra

Nuez moscada molida

«La nuez moscada da un agradable olor al aliento y mejora aquellos que huelen mal si se mastica mucho y se deja un rato en la boca» (John Gerard's, *Herball, 1597*).

El fruto entero

La mirística es un árbol tropical grande, de hoja perenne. Su fruto parece un melocotón amarillo hasta que se seca y se parte, mostrando una almendra, la nuez moscada, y envuelta por un arilo rojo escarlata, el macis. La nuez moscada acompaña bien los platos con espinacas y queso. Es un condimento esencial para la comida en Oriente Medio. En grandes cantidades es tóxica y se ha utilizado durante mucho tiempo como soporífero en las bebidas. El macis tiene un sabor más suave; es perfecto para sopas y platos dulces. Ambos frutos se conservan mejor enteros y se muelen únicamente cuando las circunstancias lo requieren.

Macis

PIMIENTA

*E*L PIPER NIGRUM *pertenece a una familia tropical de plantas trepadoras de hoja perenne originarias de Malabar, en la costa este de la India. Sus frutos llegaron a Europa por tierra en tiempos de los griegos y romanos. Los racimos de la pimienta crecen ahora en cualquier clima templado y bastante húmedo. Constituyen todavía la principal especia de las Islas de la Especiería, pero se sienten también a gusto en Sri-Lanka, Brasil y Madagascar.*

El *piper nigrum* produce no sólo la pimienta negra que su nombre sugiere, sino también la verde y la blanca. En cuanto a la pimienta negra, las bayas que se encuentran en unas largas espigas se cogen maduras pero aún verdes y se secan al sol. En cuanto a la blanca, sus bayas se cogen en su punto (y de un color rojo claro) y su cascarilla se quita antes de secarlas también.

Piper nigrum (racimos)

«Calientan y animan el cerebro» (John Gerard's, The Herball, 1597).

Granos de pimienta negra

Granos de pimienta blanca

La pimienta verde, otro provechoso fruto que hay que añadir al grupo, se puede obtener bajo dos formas: bayas frescas conservadas en vinagre suave o bien deshidratadas. Las bayas deshidratadas pueden reconstituirse remojándolas en agua. A veces se encuentran granos rosas de pimienta, que son bayas maduras tratadas de esas dos maneras.

Es obvio que la pimienta debe comprarse mejor entera y molerse sólo cuando las circunstancias lo requieran. Para guisar es muy útil el molinillo de pimienta lleno de una mezcla de granos blancos y negros.

Tanto la pimienta negra como la blanca tienen un sabor muy picante y fuerte —el de la negra, un poco más basto pero también más suave, y el de la blanca se prefiere para aquellos platos que podrían tener un aspecto extraño con pintas negras.

La pimienta fresca tiene un sabor muy similar pero es menos picante. Ha ocurrido un extraño cambio en el uso de las dos «familias de pimientas». Al principio, la variedad *piper* daba un toque picante a las mezclas de curry de la India, pero desde que se introdujeron los *capsicums* de América, éstos han pasado a primer plano.

Granos de pimienta verde

Piper longum

Cubeba officinalis

El *piper longum* de la India es una pimienta alargada que en una época hustó mucho en Europa pero que ahora sólo se utiliza en el Lejano Oriente. Las cubebas son las bayas de la *cubeba officinalis* originaria de Java. Tienen un sabor picante y sabroso bastante más amargo que el de la pimienta.

AZAFRAN

*E*L CROCUS SATIVUS *tuvo su origen en Asia Menor: los asirios y los fenicios lo utilizaron, así como los griegos. Los árabes lo trajeron a España hacia el siglo X y llegó a Gran Bretaña en el siglo XIV. Durante 400 años, Essex fue un importante productor de esta especia, cerca de Saffron Walden. Hoy día, España es el principal productor.*

El azafrán crocus crece en casi todos los suelos bien drenados pero necesita sol. Tan pronto como sus flores de color lila se abren en otoño, los estilos se cogen y se secan —un proceso muy laborioso, ya que se necesitan bastante más de 100.000 flores para obtener 450 g de azafrán. El azafrán de buena calidad tiene un color naranja rojizo, se hincha al contacto con el agua templada y el color amarillo sale en seguida. El azafrán es imprescindible para muchos platos de pescado (la bullabesa, la zarzuela y la paella de mariscos), en algunos arroces y en una variedad de bollos y dulces. Dado lo mucho que cunde, basta con una cantidad muy pequeña, a ser posible en infusión, para dar color así como un fuerte y amargo sabor.

Crocus sativus

CURCUMA

*L*A CURCUMA LONGA *es originaria del sudeste asiático, pero crece en la mayoría de las zonas tropicales. Se introdujo a través de la India (que es hoy día el mayor productor) y a través de Arabia en Europa, y desde allí pasó a América: los Estados Unidos se han convertido en su principal importador.*

La cúrcuma es una planta de hoja perenne muy similar al jengibre pero con grandes hojas parecidas a las de los lirios. En su cultivo se utilizan fragmentos de rizomas y son estos últimos los que dan la especia: se cuecen, después se secan al sol durante unas dos semanas y finalmente se limpian y se raspan. La cúrcuma se vende normalmente molida; conserva su propiedad colorante indefinidamente, pero no puede decirse lo mismo de su olor característico a tierra.

Su uso primitivo pudo ser muy bien el de un tinte amarillo barato, propio de los climas secos (para ser eficaz en otros lugares se necesitaría un fijador químico).

Curcuma longa

Incluso en los alimentos se utiliza a menudo, más por su color que por su sabor, por ejemplo, en las mostazas y en las salsas comerciales. En los polvos de curry, ambos elementos se combinan.

ANIS ESTRELLADO

*E*L ILLICUM VERUM *es originario del sur de China y del sudeste asiático y nunca se ha difundido, realmente, por ninguna otra parte. Parece ser que los ingleses lo trajeron a Occidente a finales del siglo XVI.*

Es el fruto de un árbol pequeño de hoja perenne, de la familia de las magnolias, que se coge antes de que madure y se seque. Su forma es la de una estrella muy irregular de ocho puntas. El sabor tiene más de regaliz que de anís y posee un inconfundible y marcado gustillo azucarado. Es un ingrediente corriente en el polvo de cinco especias, condimento esencial de la cocina china.

El anís estrellado se utiliza a menudo entero y bastarán unos pocos carpelos hasta para asar un pollo entero. Es también el elemento aromatizante de muchas bebidas del tipo pastis-anisette-anís, especialmente las francesas.

Illicum verum

20

PIMIENTA DE SICHUAN Y ASAFETIDA

*L*A XANTHOXYLUM PIPERITUM O FAGARA *es conocida en cantonés con el nombre de* fahjiu, *«flor de pimienta». Las bayas de este pequeño árbol se convierten en unas bolitas de un tono marrón rojizo muy aromáticas cuando se secan. Su sabor no es «fuerte» pero produce un ligero cosquilleo. Deberían tostarse ligeramente para poder utilizarlas entonces, ya sea enteras, machacadas o molidas. La pimienta de Sichuan es a menudo la quinta en el polvo de cinco especias (a menos que se utilice en su lugar el jengibre).*

Xanthoxylum piperitum

Ferula asafoetida

La *Ferula* *asafoetida* y la *Ferula narthex* son hinojos oriundos de Irán y Afganistán. La goma lechosa de la raíz central de estas plantas se seca hasta convertirse en una resina anacarada que se oscurece con el tiempo. Su contenido, altamente sulfuroso, hace que la asafétida huela muy mal (de ahí el nombre de estiércol del diablo), pero si se la utiliza en pequeñas cantidades da un sabor muy aromático. Mezclada con el ajo y la cebolla constituye la base de muchos platos vegetarianos del sur de la India.

MEZCLAS DE ESPECIAS
del hemisferio occidental

*L*AS MEZCLAS DE ESPECIAS *se han utilizado desde que se conocen las especias, y las cocinas importantes de la Edad Media prepararon varias mezclas tipo. En Inglaterra y Francia las mezclas llamadas* poudre blanche *eran corrientes; una receta habla de 9 partes de jengibre por 2 de canela y 1 de cada de clavo y granos del Paraíso mezclados con 32 partes de azúcar (*Le Ménagier de Paris, *1393).*

Hoy en día, se comercializan a menudo como mezclas ya preparadas, unas molidas, generalmente utilizadas como levadura, y otras enteras, utilizadas para adobo, escabeche o en platos salados, pudiéndose quitar antes de comerlos.

MIXED SPICE (especia compuesta) o pudding spice *(especia del pudin) es una vieja mezcla inglesa de malagueta* (allspice), *canela, clavo, macis y nuez moscada.* Mincemeat spice *(especia de carne picada) es muy similar pero suele llevar jengibre como la* Pumpkin pie *(especia para la tarta de calabaza) americana que no utiliza la pimienta inglesa.*

Ras el Hanout

PICKLING SPICES (especias para adobo o escabeche) se encuentran también en mezclas tradicionales pero variadas. Dos mezclas que se especifican en el Law' Grocer's Manual (4.ª ed., 1950) (Manual de leyes del tendero de ultramarinos) dan la siguiente composición para dos recetas de 6,350 kg cada una:

680 g de semilla de mostaza, 1,134 kg de pimienta negra en grano, 680 g de pimienta blanca en grano, 907 g de vainas de cayena, 1,134 kg de pimientos, 680 g de clavo de buena calidad, 907 g de jengibre de Jamaica, 227 g de macis pequeño.

794 g de semilla de mostaza amarilla, 1,200 kg de mostaza negra india, 680 g de guindilla o chiles de Niasa, 1,588 g de pimientos, 680 g de clavo de Zanzíbar, 907 g de jengibre de Jamaica, 340 g de macis, 340 g de semillas de coriandro.

QUATRE ÉPICES (cuatro especias) es la mezcla francesa de especias más difundida. Su fórmula más corriente es: 5 partes de pimienta por 2 de nuez moscada y 1 parte de clavo por otra de jengibre, pero se puede incluir la pimienta inglesa, canela y a veces cayena. Esta mezcla está especialmente indicada para estofados de larga cocción, patés y otros tipos de embutidos.

HARISA es una pasta fuerte hecha con granos de pimienta de cayena secos reconstituidos, molidos con sal, ajo, coriandro y hierbas, mezclados después con aceite de oliva.

RAS EL HANOUT es una famosa mezcla marroquí de doce o más especias que nunca deja de sorprender a los extranjeros. Suele llevar cardamomo, macis, galanga, pimienta alargada, cubebas, nuez moscada, malagueta (pimienta inglesa), canela, jengibre, capullos de rosa, flores de lavanda, frutos del fresno y cantárida. La mezcla se guarda entera y se muele cuando las circunstancias lo requieren. Se aprecia especialmente en la caza y en algunos platos de cordero.

Recetas

Todas las recetas son para 4 personas,
pero algunas (como la de los pasteles
y terrinas) sirven para más

HARIRA

La harira es una sopa espesa que se
toma en Marruecos para interrumpir
el ayuno diario del Ramadán.

175 g de pollo desmenuzado
1 cebolla picada
2 dientes de ajo picados
3 tomates pelados y picados
1 litro y 1/2 de caldo de pollo
1/2 cucharadita de canela en polvo
1/2 cucharadita de ras el hanout
molido (opcional)

1/2 cucharadita de jengibre molido
sal
125 g de garbanzos cocidos
125 g de fideos
un puñado de perejil picado o coriandro
2 huevos
2 cucharaditas de harissa (opcional)
1 limón

Se pone el pollo, la cebolla, el ajo
y los tomates en un cazo con
caldo; se lleva a ebullición y se

espuma. Se añaden las especias y
la sal, se tapa el cazo, dejándolo
cocer a fuego lento alrededor de

una hora. Se añaden los garbanzos y los fideos y se cuecen de 10 a 15 minutos más hasta que la pasta se haga. Se añade el perejil o coriandro y se revuelve. Se baten los huevos, se retira el cazo del fuego y se echan los huevos dentro, removiéndolos en la sopa. Se echa la harissa y se remueve o se pone un poco en la mesa. Se sirve en seguida con rodajas de limón.

PASTELILLOS MARROQUIES DE HUEVO

Se trata de tartaletas triangulares o panecillos enrollados de pasta hilada. En lugar del relleno de huevo, se puede utilizar una mezcla de atún en lata y huevo, muy corriente en Túnez.

150 g de pasta hilada
1 cebolla pequeña muy picada
2-3 cucharadas de aceite de oliva
1/4 cucharadita de jengibre
1/4 cucharadita de pimienta negra
1/4 cucharadita de azafrán en rama machacado
una pizca de cayena
un ramillete de perejil picado
sal
1 cucharada de zumo de limón
125 g de mantequilla derretida

Se calienta el aceite de oliva y se fríe en él suavemente la cebolla y las especias durante unos pocos minutos. Se baten los huevos, se echa el perejil y un poquito de sal, se remueve y se echa todo a la sartén. Se deja en el fuego removiendo de vez en cuando hasta que los huevos empiecen a cuajar (4-5 minutos). Se añade el zumo de limón justo al final y se retira la sartén del fuego. Cuando se haya enfriado, se pica la mezcla. Se cortan las láminas de pasta hilada en 3 tiras; se tapan con un trapo para evitar que se sequen. Se coge una tira de la pasta, se pinta ligeramente con mantequilla derretida y se pone una cucharada de relleno cerca de una de las puntas. Se dobla la esquina haciendo un triángulo y se continúa formando triángulos hasta que se termina la tira; se alternan con rollos que se hacen doblando los lados y metiéndolos dentro. Se ponen los pastelillos en la bandeja del horno untada de mantequilla y se dejan en un horno precalentado a 160 °C/gas 3 durante unos 20 minutos.

TORTILLA DE HIERBAS

Los platos como éste, que se parecen a una gran tortilla española, se llaman *kookoo* en Irán y *eggah* en el mundo árabe. Pueden servirse calientes o fríos, cortados en trozos como un pastel, acompañados de un tazón de yogur cremoso. Esta variante es un plato iraní de año nuevo; su color verde simboliza la llegada de la primavera.

1 puerro
2-3 cebollas nuevas
3-4 hojas de lechuga
3-4 hojas de espinaca
2-3 calabacines pequeños (opcional)
3 cucharadas de perejil picado
3 cucharadas de hierbas aromáticas frescas
3 cucharadas de hinojo picado
un puñado de nueces picadas
unas cuantas ramas de azafrán
6 huevos
1/4 de cucharadita de pimienta negra
sal
25 g de mantequilla

Se pican muy finamente las verduras y se mezclan con las hierbas y las nueces. Se machaca el azafrán en un mortero, se añaden 2 cucharaditas de agua y se mezcla todo. Se baten bien los huevos, se añade el azafrán líquido, pimienta y sal; luego se echa el picadillo de verduras. Se vierte el todo en una fuente refractaria untado de mantequilla. Se deja en el horno precalentado, 180°C/gas 4, durante 40-60 minutos. El plato debe estar crujiente en el fondo y tener una capa ligeramente dorada.

$\mathcal{F}$ILETES DE PESCADO CONDIMENTADOS

Esta receta sale bien con buenos filetes de cualquier pescado de carne firme. La he realizado con atún, mero y también con bacalao y halibut.

4 filetes de pescado
1 bolita confitada de tamarindo* o zumo de 1 limón
aceite de cacahuete
2 guindillas rojas frescas** despepitadas y troceadas en rodajas
1 cebolla grande picada
2 dientes de ajo machacados
1 cucharadita de galanga molida
2 cucharadas de salsa de soja
sal

Si se utiliza el tamarindo, se remoja en varias cucharadas de agua templada hasta que se ablande y se estruja hasta que absorba el agua. Se utiliza éste o el zumo de limón para marinar el pescado durante media hora. Se seca el pescado, se frie durante poco tiempo por ambos lados en una pequeña cantidad de aceite. Se retira el pescado, se escurre el aceite hasta que sólo quede en la sartén el equivalente de una cucharada. Se utiliza entonces éste para freír las guindillas, la cebolla, el ajo y la galanga. Se añaden 4-5 cucharadas de agua y la salsa de soja, así como un poquito de sal si hiciera falta. Se cuece a fuego lento durante 5-10 minutos hasta que el pescado esté hecho. No debe secarse demasiado. Se vierte la salsa por encima con la cuchara y se sirve caliente.

* El tamarindo es una pulpa de sabor fuerte y agradable que se extrae de las vainas de un árbol tropical y se utiliza mucho en la cocina del sudeste asiático. Es mejor comprarlo en pequeñas bolitas confitadas.
** En las recetas hemos sustituido chile por guindilla, de uso más corriente en castellano.
(N. del T.)

$\mathcal{S}$ALMON AL VAPOR CON JENGIBRE Y LIMA

Se mezcla una cucharada de cada de aceite de sésamo, salsa de soja suave y jengibre fresco finamente picado con 2 cucharadas de jerez seco. Se frotan 4 filetes o lonchas de salmón con este adobo, se sazonan con sal y se dejan reposar durante 30 minutos. Se calienta el agua en la olla a vapor, se coloca el pescado en un plato o en una hoja de papel de aluminio o papel transparente y se pone al vapor hasta que el pescado esté firme al tacto —unos 10-20 minutos—. Se sirve en su jugo, espolvoreado con corteza de lima rallada, cebollino picado y rodajas de lima.

GAMBAS MARINADAS
DE LAS INDIAS OCCIDENTALES

Se marinan *500 g de gambas grandes cocidas con su cáscara* durante una hora más o menos en *150 ml de aceite de oliva, 3 cucharadas de zumo de lima, una cucharadita de salsa Worcestershire* y *2 cucharaditas de tabasco* con un poco de *sal*.

Se pueden servir 1 ó 2 aguacates en rodajas en el momento de servir, pero en ese caso sería necesario aumentar la cantidad de aceite y de zumo de lima. Sírvalo como entremés o primer plato.

PESCADO CHINO BRASEADO

1 mújol* o róbalo de 1,5 kg aproximadamente, limpio
3 rodajas de jengibre fresco
6 setas chinas secas
2 cucharadas de jerez
2 cucharadas de salsa de soja
1 cucharada de miel
1/4 de cucharadita de sal
2 cucharadas de aceite
2 anises estrellados
300 ml de caldo de pollo o agua
1 cucharada de harina de maíz

Se seca el pescado completamente con toallitas de papel. Se hacen 2 tajos en diagonal a ambos lados; se frota con jengibre. Se remojan las setas chinas en agua templada durante 30 minutos y seguidamente se escurren y se pican. Se mezclan junto al jerez, la salsa de soja, la miel y la sal en un

*Pescado verde-gris con listas negras por arriba y plateado por abajo de hasta medio metro de largo.

recipiente. Se escoge una cacerola con una tapa lo suficientemente grande para que quepa el pescado y se calienta el aceite hasta que esté hirviendo. Se añade el jengibre y se remueve durante un minuto. Se baja el fuego, se mete el pescado y durante 2 minutos se fríe por ambos lados. Después de escurrir el aceite se rocía el pescado con la mezcla de jerez. Se añade el anís estrellado, las setas y el caldo caliente o agua. Se lleva el líquido a ebullición y después se baja el fuego, se tapa la cacerola y se cuece el pescado a fuego lento durante 20 minutos. Se le da la vuelta una vez mientras cuece. Cuando esté listo el pescado deberá desprenderse fácilmente de la espina dorsal al comprobarlo con un tenedor. Se cambia el pescado a una fuente calentada. Se sube el fuego para que se reduzca la salsa un poco. Se mezcla la harina de maíz con una cucharada de agua y se echa la salsa, removiéndola hasta que se espese. Se vierte la salsa sobre el pescado y se sirve con arroz.

TERRINA DE CERDO, TERNERA Y JAMON

375 g de carne picada de ternera
500 g de carne picada de cerdo
4 bayas de enebro machacadas
1/2 cucharadita de macis o pimienta inglesa
1/2 cucharadita de tomillo
1 diente de ajo machacado
sal y pimienta
3 cucharadas de brandy
2 huevos
manteca de cerdo o tocino entreverado (bacon)
375 g de magro de jamón cocido cortado en tiras de 5 mm de espesor
1 hoja de laurel

Se mezclan bien la ternera, el cerdo, las hierbas y las especias y se ponen a marinar en el brandy durante una o dos horas. Se baten los huevos ligeramente y se echan en la mezcla removiendo. Se forran los lados y el fondo de una terrina con manteca o bacon. Se pone en ella una tercera parte del picadillo de ternera y cerdo, luego se coloca la mitad de las tiras de jamón en una capa. Se repite la operación con la otra tercera parte del picadillo y el resto del jamón. Se cubre con el resto del picadillo, se pone una hoja de laurel en el centro y más manteca o bacon encima. Se cubre bien la terrina con una hoja de aluminio y con la tapa se pone al baño maría y se mete en el horno precalentado a 160 °C/gas 3 durante 2 horas. Se deja enfriar la terrina. Se quita la tapa y se pone un peso encima de la hoja de aluminio. Se mete en la nevera durante varias horas antes de servir.

CORDERO AL ALBARICOQUE

250 g de albaricoques secos o
«amardina»
una paleta de cordero pequeña
1/4 de cucharadita de jengibre molido
1/2 cucharadita de canela
un pellizco de clavo
pimienta negra recién molida
sal

Si puede comprar láminas de pasta de albaricoque llamadas «amardina» en una tienda de ultramarinos griega u oriental, este plato resulta muy fácil de preparar. Si no, remoje los albaricoques por poco tiempo. séquelos y píquelos finamente. Se quita toda la grasa del cordero y se frota la carne con las especias y un poco de sal.

Se echa la «amardina» o los albaricoques picados por todos los lados del cordero y se envuelve bien en un trozo de hoja de aluminio untada con aceite. Se pone en una bandeja del horno precalentado a 150 °C/gas 2 y se asa durante 2 horas y 1/2 por lo menos. Si se deja más tiempo no le hará ningún daño. La carne deberá estar lo suficientemente tierna como para separarse fácilmente del hueso sin tener que trincharla. Los jugos pueden utilizarse como salsa para acompañar el arroz o los garbanzos, cuya receta se da en la pág. 35, e irán bien con este plato.

ALBONDIGAS DE CARNE MAGRA CONDIMENTADA

500 g de carne picada
4 cucharaditas de galanga
1 cucharadita y 1/2 de sambal*
(trassi, preferentemente)
el zumo de 2 limones
1 cebolla

Se ponen todos los ingredientes y se pasan 2 o 3 veces por la picadora. Se hacen unas albóndigas pequeñas. Se cuecen al vapor durante 20-30 minutos. La carne perderá toda su grasa en el proceso.

*Condimento malayo que contiene pimienta, adobos, coco rallado, pescado salado o huevas de pescado. (N. del T.)

POLLO RELLENO ENVUELTO EN HOJAS DE REPOLLO

8 muslos de pollo pelados y
deshuesados
2-3 setas secas (porcini)
8 hojas de repollo
75 g de champiñones
2 chalotas
50 g de mantequilla
8 bayas de enebro finamente
machacadas

Se vierten 150 ml de agua hirviendo sobre las setas secas y se dejan en remojo durante 30 minutos.

Se quita el tallo central de las hojas del repollo, luego se blanquean las hojas en agua hirviendo durante 5 minutos. Se hace un picadillo muy fino con los champiñones frescos y las chalotas y se saltean brevemente en la mitad de la mantequilla. Se sazona con sal, pimienta y las bayas del enebro machacadas. Se escurren las setas secas, guardando el líquido, y se pican. Se añaden a los champiñones frescos y chalotas y se utiliza este picadillo para rellenar los pedazos de pollo. Se envuelve cada pedazo en una hoja de repollo. Se untan los paquetitos con mantequilla derretida y se ponen en una fuente también untada con grasa. Se rocía todo con un poco del líquido de las setas, se cubre con una hoja de aluminio y se deja en el horno precalentando a 200 °C/gas 6 durante 30 minutos.

HÍGADO A LA PAPRIKA

500 g de hígado de ternera
harina
1 cucharada de paprika
sal y pimienta
50 g de mantequilla
2 dientes de ajo machacados
1 vasito de vino blanco
un puñado de perejil picado
150 ml de nata agria

Se corta el hígado en tiras delgadas y se reboza con harina condimentada con paprika, sal y pimienta. Se derrite la mantequilla en una sartén pesada y se añade el hígado y el ajo. Se saltea durante 2-3 minutos a fuego vivo, dándole vueltas al hígado hasta que adquiera un color dorado uniforme.

Se saca el hígado y se conserva caliente mientras se hace la salsa. Se añade el vino y el perejil en la sartén, se raspan los trocitos que han quedado pegados y se hierven un poco. Se baja el fuego y se echa la nata, revolviéndola. Se calienta todo pero sin dejarlo hervir. Se pone el hígado en la salsa y se sirve.

PECHUGAS DE PATO A LA PIMIENTA VERDE

4 pechugas de pato deshuesadas
1 cucharada de aceite
sal
6 cucharadas de vermut blanco seco
3 cucharadas de caldo de pollo o agua
150 ml de nata espesa
2 cucharadas de granos de pimienta verde
2 cucharadas de pimiento rojo cortado
en dados pequeños

Se quitan la piel y la grasa de las pechugas de pato y se saltean durante 6-7 minutos en aceite en una sartén pesada. Se les da la vuelta, se les echa sal y se guisan unos 4 o 5 minutos más.

La carne deberá tener una consistencia firme pero conservar su elasticidad. Se coloca el pato en una fuente, se tapa y se conserva caliente. Se raspa la sartén con el vermut, el caldo o el agua. Se lleva a ebullición y se reduce a la mitad. Se echa la nata, se sazona con sal y se añaden los granos de pimienta, cociendo todo a fuego lento hasta que la salsa se reduzca a un tercio. Se echan los dados de pimiento rojo en el último momento y se remueven; a continuación se echa la salsa alrededor de las pechugas de pato y se sirven.

PAN PICANTE AL POLVO DE GUINDILLA

Se machacan 2 *dientes de ajo* en un mortero, se añade *un puñado de perejil* y *una cebolla pequeña*, ambos muy picados, y *una cucharada de polvo de guindilla*. Se mezcla bien.

Se añaden 2 *cucharadas de mantequilla*. Se mezcla bien, añadiéndole *sal* a su gusto.

Se extiende la mezcla en un pan francés (cortado longitudinalmente) y se espolvorea con *queso parmesano*. Se mete en el horno precalentado hasta que la mezcla se derrita dentro del pan y los bordes estén crujientes: unos 10 minutos.

TARTA DE CEBOLLA

Se hace una pasta quebradiza con *225 g de harina, 75 g de mantequilla, un pellizco de sal* y *un poco de agua*. Se forra un molde de tarta de 20 cm con la pasta. Se cortan en rodajas finas *500 g de cebollas* y se fríen suavemente durante 20 minutos en una mezcla de *aceite y mantequilla*. No deje que se doren. Se espolvorea por encima una cucharada de harina, se revuelve y se deja que se haga durante unos minutos más. Se retira la sartén del fuego y se ponen las cebollas en el molde de la tarta. Se recubre todo con *450 ml de nata fresca* (o nata mezclada con un poco de zumo de limón) sazonada con sal, pimienta y nuez moscada. Se mete en un horno precalentado a 180 °C/gas 4 durante unos 30 minutos. Se saca la tarta del molde y se sirve caliente.

SETAS SHIITAKE CON AJO, PIMIENTA Y JENGIBRE

375 g de setas shiitake frescas
4 cucharadas de aceite
un trocito de jengibre fresco, pelado y picado finamente
3 dientes de ajo machacados con un poco de sal
1 cucharadita de pimienta de Sichuan machacada
cebollinos chinos o cebollinos corrientes pelados

Se limpian las setas y se cortan en pedazos. Se calienta el aceite en una sartén o «wok»; se añade el jengibre, el ajo y la pimienta; se fríe todo durante un minuto o dos y a continuación se añaden las setas y se saltean durante 4 o 5 minutos. Se sirven adornadas con cebollinos.

PATATAS CON CÚRCUMA

Un plato indio muy fácil de preparar y que puede servirse como parte de una comida occidental.

500 g de patatas
3-4 cucharadas de aceite
250 g de cebollitas
1 cucharadita de cúrcuma
1/4 de cucharadita de asafétida (opcional)
sal
1 guindilla verde picada finamente

Se cuecen las patatas con su piel hasta que estén hechas pero con una consistencia firme. Se dejan enfriar y a continuación se pelan y se cortan en dados.

Se calienta el aceite en una sartén y se ponen en ella las cebollas enteras y se fríen a fuego lento, moviendo la sartén a menudo, durante unos 20 minutos. Se sube el fuego y se añade la cúrcuma, la asafétida y las patatas. Se echa la sal y se fríe todo, revolviendo a menudo durante 3-4 minutos. Se añaden un par de cucharadas de agua, se tapa la sartén y se baja el fuego. Se fríe durante otros 5 minutos, se destapa y se echa por encima la guindilla picada y el coriandro. Se sube el fuego para que se evapore el líquido restante y a continuación se sirve.

GARBANZOS CONDIMENTADOS

250 g de garbanzos en remojo durante varias horas o toda la noche
1 cebolla picada
2 dientes de ajo
una ramita de tomillo
1 hoja de laurel
1 cucharadita de pimienta inglesa molida
sal

Se ponen los garbanzos en una cacerola grande con la cebolla, el ajo, las hierbas y la pimienta inglesa. Se cubren con agua y se llevan a ebullición, dejándolos cocer a continuación a fuego lento hasta que estén tiernos —lo cual tardará una hora o más,

dependiendo de la edad de los garbanzos y del tiempo que han estado en remojo—. Se añade sal justo antes de los últimos 5 minutos más o menos.

Este plato se puede preparar con la suficiente antelación, sin tener en cuenta con qué lo va a acompañar: los garbanzos se conservan y se pueden calentar de nuevo en su propio líquido. Se sacan las hierbas y a continuación los garbanzos pueden servirse sólo con un poco de aceite y mantequilla. Las espinacas les van muy bien.

$\mathcal{D}$AL

300 g de lentejas
1/2 cucharadita de cúrcuma
1/2 cucharadita de sal
5 cucharadas de aceite
un pellizco de asafétida
1/4 de cucharadita de cayena
1 cucharadita de cominos
sal
4-5 dientes de ajo finamente troceados
2 guindillas rojas, sin pepitas, picadas
2 cucharadas de hojas de coriandro
picadas

Se limpian las lentejas y, a menos que esté utilizando las rojas, póngalas en remojo durante una hora. Se escurren. Se ponen en un cazo con 1 litro de agua, la cúrcuma y la sal. Se llevan a ebullición, removiéndolas de vez en cuando. A continuación se baja el fuego y se cuecen a fuego lento parcialmente cubiertas, hasta que las lentejas se convierten en puré o en una sopa espesa. Se tardará de 20 a 45 minutos según la clase de lentejas y es posible que tenga que añadir un poco de agua durante el proceso. Se bate con una cuchara de madera para afinar el puré, se pone en una fuente y se conserva caliente. Se calienta el aceite en una sartén grande y se añade la asafétida, la cayena, los cominos, el ajo y las guindillas. Se fríe todo hasta que el ajo empiece a tomar color, echando a continuación el todo sobre las lentejas. Se adornan con el coriandro y se sirven.

VERDURAS COCIDAS
EN YOGUR CONDIMENTADO

2 patatas
2-3 tomates
1 berenjena pequeña
175 g de judías verdes
2 cebollas
175 g de guisantes pelados
3 guindillas verdes
aceite
1/2 cucharadita de cúrcuma
1 cucharadita de cominos molidos
1/4 cucharadita de polvo de guindilla
un trocito de jengibre fresco pelado y
machacado
3 dientes de ajo machacados
300 ml de yogur natural cremoso
sal

Se cortan las patatas peladas, los tomates y la berenjena en trozos de tamaño similar; se cortan las judías por la mitad. Se cortan las cebollas en rodajas y se fríen con las guindillas enteras en el aceite hasta que se doren ligeramente. Se añaden las especias y el ajo y se fríe un minuto más; a continuación se echa todo el yogur poco a poco. Se remueve hasta que la mezcla esté uniforme y espesa. Se baja el fuego, se echan las patatas, se tapa el cazo y se cuece hasta que empiece a ablandarse. Se añaden las demás verduras y un poco de agua si fuera necesario para evitar que se peguen: se sazona con sal, se tapa el cazo de nuevo y se deja cocer a fuego lento otros 15-20 minutos hasta que todas las verduras estén hechas.

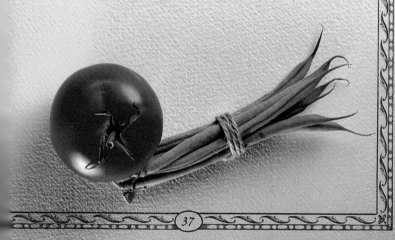

TOSTADAS FRITAS

«Se corta un *manchet* cuidadosamente en rodajas; a continuación se coge un poco de *nata y 8 huevos,* sazonados con *sack, azúcar y nuez moscada;* se dejan las tostadas en remojo alrededor de una hora. A continuación se fríen en *mantequilla dulce,* se sirven con *mantequilla normal derretida* o con *mantequilla, sack y azúcar,* a su gusto.»

E. Smith, «The compleat housewife», 1727, y ediciones posteriores. El «manchet» era un pan blanco de la mejor calidad. En cuanto al «sack», utilice jerez y sólo mezcle la nata y los huevos en cantidad suficiente para cubrir su pan.

PASTELILLOS DE CUAJADA

«Se bate *media pinta de cuajada de buena calidad* con *4 huevos, 3 cucharadas de crema espesa, media nuez moscada* rallada y *una cucharada de ratafia (licor), agua de rosas o de azahar.* Se añade *un cuarto de libra de azúcar* y *media libra de pasas de Corinto* bien lavadas y secadas frente al fuego. Se mezclan bien entre sí, se pone una buena capa en unos moldecillos y se meten en el horno.»

John Farles, «The London Art of Cookery», 1783.

CHRISTMAS STOLLEN

El «stollen» es un pan con especias y frutas que se hace tradicionalmente para Navidad en Europa central. Se dice que su forma se parece a la de un niño envuelto en pañales.

1 kg de harina fuerte normal
1/2 cucharadita de sal
3 cucharadas de levadura seca
300 ml de leche
150 g de azúcar
300 g de mantequilla
la cáscara rallada de 2 limones
125 g de mezcla de cortezas confitadas, picadas
300 g de uvas pasas
300 g de corintos
125 g de almendras blancas picadas
1/2 cucharadita de clavo molido
1/2 cucharadita de canela
1/2 cucharadita de macis molido
azúcar de alcorza para glasear

Se pasa la harina y la sal por un tamiz en un recipiente grande. Se disuelve la levadura en leche tibia con una cucharada de azúcar. Mientras se está deshaciendo, se derrite la mantequilla y se deja enfriar ligeramente.

Se hace un agujero en el centro de la harina, se echa dentro la mezcla de levadura y se bate bien. Se añade la mantequilla derretida, el resto del azúcar y la cáscara de limón. Se amasa durante unos 10 minutos hasta que la pasta no parezca húmeda ni se pegue.

Se tapa la masa y se la deja subir en un lugar cálido hasta que doble su volumen —alrededor de 1 hora y 1/2—; a continuación se vuelve a amasar. Se meten cuidadosamente dentro las cortezas, las frutas, las nueces y las especias. Se cubre de nuevo, se deja en reposo alrededor de hora y media o hasta que haya doblado otra vez su volumen.

Se divide la masa en dos partes iguales, se deja una de ellas cubierta mientras se le da forma a la primera. Se aplasta la masa, dándole una forma ovalada y con el mismo rodillo se hace un amplio surco longitudinal desde el centro en uno de los lados; se dobla el más ancho sobre el surco.

Se pone el «stollen» en una bandeja untada con mantequilla, se cubre y se deja en reposo durante 30 minutos. Se hace el segundo «stollen» de la misma manera. Se meten ambos en el horno precalentado a 190 °C/gas 5 durante 45-60 minutos. Se comprueba si están hechos pinchando con una brocheta. Se cubre el «stollen» templado con mantequilla derretida y se espolvorea con abundante azúcar de alcorza. Si está bien envuelto y se guarda en un lugar seco, el «stollen» se conservará durante varias semanas.

INDICE

A

Albóndigas de carne magra
    condimentada, 30
Anís estrellado, 20
Alpinia galanga, véase
    Galanga, 13
Asafétida, 21
Azafrán, 18

B

Beni-Shoga (jengibre japonés
    adobado) 12-13

C

Capsicum frutescens, véase
    Chiles, 8
Clavo, 7
Colón, Cristóbal, 4-5
Comercio de especias, 4-5
Compañía de Indias
    Orientales, 5
Cordero al albaricoque, 30
Crocus sativus, véase Azafrán,
    18
Cubeba officinalis, véase
    Cubeba, 17
Cubebas, 17
Curcuma longa, véase
    Cúrcuma, 19
Chiles, variedades, 8, 9, 10,
    11
    Ancho, 9
    Pimiento dulce, 10
    Guindilla, 10

Cayena, 10
Cerecilla, 10
Habanero, 10
Honka, 10
Jalapeño, 10
Mulato, 10
Pasilla, 11
Serrano, 11
Tabasco, 11
Togarashi, 11
Christmas Stollen, 39

D

da Gama, Vasco, 4
Dal, 36

E

Enebro, 14
Especias compuestas, 22, 23
Eugenia caryophillus, véase
    Clavo, 7

F

Farley, John, «The London
    Art of Cookery», 38
Ferula asafoetida y *F. narthex*,
    véase Asafétida, 21
Filetes de pescado
    condimenados, 27

G

Galanga, 13
Gabas marinadas de las
    Indias Ocidentales, 28

Garbanzos condimentados,
    35
Gerard, John, *Herball*, 1597,
    15
Granos de pimienta, 6, 16,
    17
    Negra, 16-17
    Verde, 16-17
    Blanca, 16-17
Guindilla, 8

H

Harira, 24
Harissa, 23, 24
Hígado a la paprika, 32

I

Illicum verum, véase Anís
    estrellado, 20

J

Jengibre, 12, 13
Juniperus communis, véase
    Enebro, 14

M

Macis, 15
Myristica fragans, véase Nuez
    moscada y macis, 15

N

Nuez moscada, 15

P

Pan picante al polvo de guindilla, 33
Paprika, 9, 32
Pastelillos de cuajada, 38
Patas con cúrcuma, 35
Pechugas de pato a la pimienta verde, 32
Pescado chino braseado, 28
Pickling spices, 23
Pimienta dioica, véase Pimienta inglesa o de Jamaica, 6
Pimienta de Sichuan, 21
Piper longum, véase Pimiento largo, 17
Piper nigrum, véase Granos de pimienta, 16
Pollo relleno envuelto en hojas de repollo, 31
Poudre blanche, 22

Q

Quatre épices, 23

R

Ras el Hanout, 23

S

Salmón al vapor con jengibre y lima, 27
Setas Shiitake con ajo, pimienta y jengibre, 34
Smith, E., «The compleat housewife», 38
Stollen Christmas, 39

T

Tarta de cebolla, 34
Terrina de cerdo, ternera y jamón, 29
Tortilla de hierbas, 26
Tostadas fritas, 38

V

Verduras cocidas en yogur condimentado, 37

X

Xanthoxylum piperitum, véase Pimienta de Sichuan, 21

Y

Yogur, 37

Z

Zingiber officinale, véase jengibre, 12-13